Interdit aux petites sœurs !

BLANDINE AUBIN

ILLUSTRATIONS DE
DEBORAH PINTO

Chapitre 1

Pour Gus et Léo, le pire des malheurs, c'est d'avoir une petite sœur… Depuis qu'elle est née, Zoé les embête sans arrêt, et elle ne se fait jamais gronder !

Ce matin, en remontant dans leur
chambre après les dessins animés,
les jumeaux ouvrent des yeux ronds :
– Nos jouets ont disparu !
Qu'est-il arrivé ?

La bouche en cœur, Zoé apparaît :
– J'ai passé l'aspirateur, et il a tout
avalé ! Maman vous avait pourtant
demandé de ranger…

Cela dit, la chipie s'enfuit !
Léo se tourne vers son frère :
– Cette fois, ça ne peut
plus durer ! On va
demander conseil
à Gégé le musclé !

Gus et Léo foncent au club de judo.
Mais au milieu du tatami, entouré
de ses amis, Gégé le musclé pleurniche :

– Regardez mon
kimono ! Ma petite
sœur l'a colorié
en rose fluo !

« Elle a seulement un an, mais c'est un vrai tyran… Si seulement je pouvais déménager !

Léo glisse à Gus :
– Déménager ?
Ça, c'est une idée…
Si on s'installait dans notre cabane secrète ?

Chapitre 2

Le samedi suivant, Gus et Léo
commencent leur déménagement.
Avec une valise à roulettes,
ils apportent leurs affaires
dans la cabane secrète.
Léo est satisfait :
– Parfait ! Il ne manque plus
qu'un panneau « Interdit
aux petites sœurs » !

De retour dans leur chambre,
les garçons prennent un carton,
des crayons, et au boulot !

 Soudain, Gus demande :
– Au fait, « sœurs »,
ça s'écrit comment ?

Juste derrière lui, une voix retentit :
– S, E, U, R, S, évidemment !
Qu'est-ce que vous complotez,
les cachottiers ?

À la porte, Zoé
est en train de
les espionner !

Heureusement,
Léo réagit :
– Heu, c'est une
surprise… pour
la fête des Sœurs !

Vite, Gus poursuit :
– Tu devrais nous
laisser, sinon tout
va rater !
Ouf, les jumeaux
ont eu chaud !

Peu après, ils sortent dans la rue
avec leur panneau. Mais qui surgit
au tournant ? La maîtresse !

– Que vois-je ? Gus et Léo,
il y a une faute sur votre
panneau !

Les sourcils froncés,
elle sort un stylo :
– Allons, « sœurs »,
ça s'écrit comme
« cœurs », mais
avec un *s*.

« Lundi prochain,
vous viendrez après
la classe, réviser votre
orthographe !

Furieux, Gus
grommelle :
– Tout ça, c'est à
cause de Zoé…
Si elle pouvait
disparaître
en fumée !

Dans la rue, un étrange camion
s'avance alors, muni d'un haut-
parleur.

**Demain, spectacle
de Magix le magicien!
D'un coup de baguette,
il vous transforme
en petite bête!**

Léo sourit :
– En petite bête ? Et si on
emmenait Zoé pour la fête
des Sœurs ?

Chapitre 3

Le lendemain, assis au premier
rang sous le chapiteau, Zoé et
ses frères sont ravis. Devant eux,
Magix vient de transformer
un éléphant en fourmi !
Soudain, le magicien
demande :
– Qui vient pour
le tour suivant ?

Sans hésiter, Gus et Léo
poussent Zoé
en avant.

Aussitôt, Magix la fait asseoir
et la recouvre de sa cape rouge.
Puis, il prononce
lentement :

– Abracadabra…
transforme-toi…
maintenant !

Tchac!

Le magicien retire
sa cape :

Sur le siège, plus de Zoé !
À sa place se trouve une souris…

Avec un clin d'œil, Magix tend
la petite bête aux jumeaux.
Gus bredouille, affolé :
– Léo, Léo… le tour de magie
a marché ! Qu'est-ce qu'on fait ?

Embarrassé, Léo réfléchit :
– Si on rentre à la maison, on va
se faire gronder. Maman a peur
des souris ! Il n'y a qu'une solution :
installer Zoé dans la cabane secrète…

Dans son dos,
quelqu'un se met
à glousser :

– Une cabane secrète ?
D'accord. Si vous m'y
emmenez maintenant,
je ne dirai rien
à Maman !

– Zoé ?!

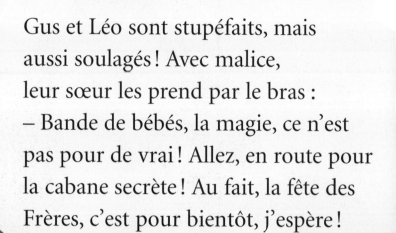

Gus et Léo sont stupéfaits, mais
aussi soulagés ! Avec malice,
leur sœur les prend par le bras :
– Bande de bébés, la magie, ce n'est
pas pour de vrai ! Allez, en route pour
la cabane secrète ! Au fait, la fête des
Frères, c'est pour bientôt, j'espère !

FIN

300, rue Léon-Joulin, 31101 Toulouse Cedex 9 – France
www.editionsmilan.com
Loi 49.956 du 16.07.1949 sur les publications destinées à la jeunesse.
Dépôt légal . 1er trimestre 2012
ISBN : 978-2-7459-4180-0
Imprimé en France par Pollina - L60390D
Création graphique : Bruno Douin